RATUS POCHE

COLLECTION DIRIGÉE PAR JEANINE ET JEAN GUION

La cabane de Ratus

Les aventures du rat vert

- Le robot de Ratus
- Les champignons de Ratus
- Ratus raconte ses vacances
- Le cadeau de Mamie Ratus
- Ratus et la télévision
- Ratus se déguise
- Les mensonges de Ratus
- Ratus écrit un livre
- L'anniversaire de Ratus
- Ratus à l'école du cirque
- Ratus et le sapin-cactus
- Ratus et le poisson-fou
- Noël chez Mamie Ratus
- Ratus et les puces savantes
- Ratus en ballon
- Ratus père Noël
- Ratus à l'école
- Un nouvel ami pour Ratus
- Ratus et le monstre du lac
- Ratus et le trésor du pirate
- Les belles vacances de Ratus
- La cabane de Ratus
- Ratus court le marathon
- Ratus chez le coiffeur
- Ratus et les lapins
- Les parapluies de Mamie Ratus
- La visite de Mamie Ratus
- Ratus aux sports d'hiver
- Ratus pique-nique
- Ratus sur la route des vacances
- La grosse bêtise de Ratus
- Le secret de Mamie Ratus
- Ratus chez les robots
- Ratus à la ferme
- Ratus champion de tennis
- Ratus et l'œuf magique
- Ratus et le barbu turlututu
- Ratus chez les cow-boys
- Le jeu vidéo de Ratus
- Les fantômes de Mamie Ratus
- La classe de Ratus en voyage
- Ratus en Afrique
- Ratus et l'étrange maîtresse
- Ratus à l'hôpital
- Ratus et la petite princesse
- Ratus et le sorcier
- Ratus gardien de zoo
- En vacances chez Ratus
- Ratus le chevalier vert

© Hatier Paris 2012, ISSN 1259 4652, ISBN 978-2-218-92943-4

La cabane de Ratus

Une histoire de Jeanine et Jean Guion
illustrée par Olivier Vogel

Les personnages de l'histoire

Cette nuit, Ratus rêve
qu'il dort dans une cabane
au bord d'un lac.
Un rossignol chante sur le toit.
Le rat vert se sent heureux.
Le matin, il s'écrie :
– Hourra ! J'ai une idée.
Et il court chez ses amis
les chats.

Que faut-il à Ratus pour construire sa cabane ?

– Je vais me construire
une cabane dans mon jardin
à côté de mon cactus, dit-il.
– Il te faut du bois, dit Marou.
– Il te faut aussi un marteau
et des clous, dit Mina.
– Pas de problème, dit Ratus.
Je vais commander tout ça
sur Internet.

Quel outil Ratus a-t-il pris ?

Le jour suivant, un livreur
apporte deux gros colis à Ratus.
Ses voisins sont là pour l'aider.
– Il faut commencer
par le plancher, dit Marou.
Ratus prend le marteau :
– Moi, je m'occupe des clous.
Les clous, gare à vous !
– Je vais te montrer comment
il faut faire, lui dit Belo.

Comment Ratus fait-il pour planter un clou ?

Mais Ratus n'écoute pas.
Il lève le marteau à deux mains,
il tape très fort et le clou se tord.
– C'est la faute aux outils, dit-il.
Le marteau va de travers
et le clou est tout mou.
Marou se met à chanter :
« Savez-vous planter les clous,
tout tordus et de travers,
savez-vous planter les clous,
à la mode du rat vert ? »

Où Ratus va-t-il dormir ?

Mina rit, et Ratus est furieux.
Il chante à son tour :
 « À la mode de Marou,
 c'est quand on fait rien du tout ! »
Belo se fâche :
– Si vous continuez, je m'en vais.
Tout le monde se calme
et le soir, la cabane est finie.
Il y a même des volets !
Ratus est si heureux
qu'il décide d'y passer la nuit,
comme dans son rêve.

D'après Ratus, qui est sur le toit de sa cabane ?

Il va chercher un coussin,
une assiette de fromage
et il se couche sur le sol.
Mais il n'arrive pas à dormir.
Il entend : « Hou-hou ! »
Il a peur…
Il prend son portable
et il appelle Belo :
– Au secours, il y a un loup
   sur le toit de ma cabane !
Vite, le grand-père chat se lève
et enfile sa robe de chambre.

Quel animal a fait peur à Ratus ?

Dans le jardin de Ratus,
il n'y a pas de loup
sur le toit de la cabane,
juste un hibou qui fait *hou-hou*
en regardant la lune !
Ratus bougonne :
– Les hiboux n'ont pas le droit
de se poser sur ma cabane.
Ils chantent mal.
Alors, le rat vert rentre chez lui,
ferme sa porte à clé
et va se coucher dans son lit.

Qui mange le fromage de Ratus ?

Le matin suivant, quand Ratus
retourne dans sa cabane,
il pousse un hurlement :
– Au secours ! Mon fromage !
Il est tout noir et il bouge !
Marou et Mina accourent.
– Des fourmis ! s'écrie Marou.
Elles mangent ton fromage !
En colère, Ratus secoue l'assiette
pour faire tomber les fourmis,
et il avale le fromage qui reste.
– Bah ! C'est dégoûtant, dit Mina.

Ratus a dessiné sa cabane. Trouve-la.

Maintenant, les trois amis
vont décorer la cabane.
Belo leur a donné du tissu vert
et de la peinture orange.
Mina s'occupe des rideaux
pendant que Ratus et Marou
peignent les murs.
Sur le toit en bois, Belo colle
des tuiles grises en plastique.
Le soir, tout est terminé,
et Ratus décide de passer
une nouvelle nuit dans sa cabane.

Quelle bête Ratus voit-il devant sa cabane ?

À peine couché, le rat vert
entend des bruits bizarres :
« Hou-hou… Coâ-coâ ! »
Cette fois, Ratus n'a pas peur.
Il se dit que le hibou est revenu
avec un copain, et il s'endort.
Mais le matin, devant sa porte,
Ratus voit une grosse bête
qui le regarde. Il appelle Belo :
– Il y a un monstre horrible
   devant ma cabane !
– Je le vois de ma fenêtre, dit Belo.
   C'est un gentil crapaud.

Qui sont Paulo et Zizou ?

À midi, Belo apporte un gâteau
pour fêter la cabane de Ratus.
Il gratte sa guitare et chante :

« Ta cabane à Villeratus
est blottie près du cactus,
on y voit des animaux... »

Marou et Mina chantent aussi
et Ratus continue :

«... des animaux rigolos,
Paulo le crapaud pas beau,
et Zizou le hibou tout fou. »

Tout le monde rit de bon cœur.
Vive la cabane du rat vert !

1
un **rossignol**
Petit oiseau qui chante bien.

2
un **marteau**

3
des **clous**

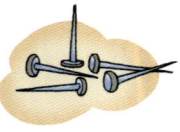

4
commander une chose *(co-man-dé)*
Acheter et attendre pour l'avoir.

5
un **livreur**
La personne qui apporte ce qu'on a acheté.

6
le **plancher**
Le sol en bois de la cabane.

7
de **travers**
Pas droit.

8
furieux *(fu-ri.eu)*
Pas content du tout, en colère.

9
un **volet**

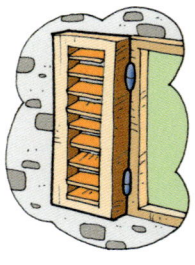

10
il **décide** *(dé-sid')*
Il choisit de faire
une chose.

11
un **hibou** *(i-bou)*
Oiseau qui dort
le jour.

12
il **bougonne**
Il n'est pas content
et parle entre
ses dents.

13
un **hurlement**
(ur-le-man)
Un cri très fort.

14
ils **accourent**
(a-cour)
Ils arrivent en
courant.

15
la **peinture** *(pin-tur)*
De la couleur pour
décorer.

16
des **rideaux** *(ri-do)*
Le tissu qui décore
une fenêtre.

17
ils **peignent** *(pè-gn')*
Ils passent
de la peinture sur
les murs.

18
un **crapaud** *(cra-po)*

Pour t'aider à lire

Les aventures du rat vert

- 1 Le robot de Ratus
- 3 Les champignons de Ratus
- 6 Ratus raconte ses vacances
- 7 Le cadeau de Mamie Ratus
- 8 Ratus et la télévision
- 15 Ratus se déguise
- 19 Les mensonges de Ratus
- 21 Ratus écrit un livre
- 23 L'anniversaire de Ratus
- 26 Ratus à l'école du cirque
- 29 Ratus et le sapin-cactus
- 36 Ratus et le poisson-fou
- 39 Noël chez Mamie Ratus
- 40 Ratus et les puces savantes
- 46 Ratus en ballon
- 47 Ratus père Noël
- 50 Ratus à l'école
- 54 Un nouvel ami pour Ratus
- 57 Ratus et le monstre du lac
- 61 Ratus et le trésor du pirate
- 67 Les belles vacances de Ratus
- 71 La cabane de Ratus
- 73 Ratus court le marathon
- 75 Ratus fait du surf
- 76 Ratus joue aux devinettes

- 1 Ratus chez le coiffeur
- 2 Ratus et les lapins
- 3 Les parapluies de Mamie Ratus
- 9 Ratus aux sports d'hiver
- 13 Ratus pique-nique
- 23 Ratus sur la route des vacances
- 27 La grosse bêtise de Ratus
- 31 Le secret de Mamie Ratus
- 38 Ratus chez les robots
- 41 Ratus à la ferme
- 46 Ratus champion de tennis
- 56 Ratus et l'œuf magique
- 60 Ratus et le barbu turlututu
- 64 Ratus chez les cow-boys
- 66 Le jeu vidéo de Ratus
- 5 Les fantômes de Mamie Ratus
- 8 La classe de Ratus en voyage
- 12 Ratus en Afrique
- 16 Ratus et l'étrange maîtresse
- 26 Ratus à l'hôpital
- 29 Ratus et la petite princesse
- 31 Ratus et le sorcier
- 33 Ratus gardien de zoo
- 47 En vacances chez Ratus
- 52 Ratus le chevalier vert

Super-Mamie et la forêt interdite

- 42 Super-Mamie et le dragon
- 44 Les farces magiques de Super-Mamie
- 48 Le drôle de cadeau de Super-Mamie
- 59 Super-Mamie et le coiffeur fou

- 42 Au secours, Super-Mamie !
- 45 Super-Mamie et la machine à rétrécir
- 57 Super-Mamie, dentiste royale
- 62 Le Grand Baboul fait la classe

Les histoires de toujours

- 27 Icare, l'homme-oiseau
- 32 Les aventures du chat botté
- 35 Les moutons de Panurge
- 37 Le malin petit tailleur
- 41 Histoires et proverbes d'animaux
- 49 Pégase, le cheval ailé
- 26 Le cheval de Troie
- 43 La légende des santons de Provence
- 49 Les malheurs du père Noël
- 52 À l'école de grand-père
- 21 L'extraordinaire voyage d'Ulysse
- 36 Les douze travaux d'Hercule
- 46 Les mille et une nuits de Shéhérazade
- 49 La malédiction de Toutankhamon
- 50 Christophe Colomb et le Nouveau Monde
- 53 Des dieux et des héros
- 54 Des monstres et des héros

Ralette, drôle de chipie

- 10 Ralette au feu d'artifice
- 11 Ralette fait des crêpes
- 13 Ralette fait du camping
- 18 Ralette fait du judo
- 22 La cachette de Ralette
- 24 Une surprise pour Ralette
- 28 Le poney de Ralette
- 38 Ralette, reine du carnaval
- 45 Ralette, la super-chipie !
- 51 Joyeux Noël, Ralette !
- 56 Ralette, reine de la magie
- 62 Ralette et son chien
- 70 En voiture, Ralette !
- 4 Ralette n'a peur de rien
- 6 Mais où est Ralette ?
- 44 Les amoureux de Ralette

L'école de Mme Bégonia

- 11 Drôle de maîtresse
- 33 Un chien à l'école

La classe de 6ᵉ

- 44 La classe de 6ᵉ au Puy du Fou
- 48 La classe de 6ᵉ contre les troisièmes

Collection Ratus Poche

Collection Ratus Poche

Les imbattables

- 54 La rentrée de Manon
- 55 Le chien de Quentin
- 61 Le courage de Manon
- 63 Le mystère du cheval sauvage
- 65 Les éléphants en danger
- 67 Manon et le bébé loup
- 68 Les imbattables aux jeux olympiques

Baptiste et Clara

- 30 Baptiste et le requin
- 40 Clara et la robe de ses rêves
- 51 Clara et le secret de Noël
- 53 Les vacances de Clara
- 59 Clara fait du cinéma
- 38 Clara superstar
- 41 Clara et le garçon du cirque
- 43 Clara, reine des fleurs
- 45 Clara et le cheval noir
- 51 Clara et le dauphin

Francette top secrète

- 52 Mystère à l'école
- 53 Drôle de momie !
- 55 Mission Noël
- 58 Enquête à quatre pattes
- 60 Le fantôme de Trucmachin
- 64 Vacances au Pouloulou
- 68 Justin à la folie
- 74 Macaroni super agent secret

M. Loup et Compagnie

- 63 Mission petite souris
- 65 SOS, père Noël !
- 66 Trop bon, le dinosaure !
- 69 Attention, ouistiti !
- 72 M. Loup, nounou d'enfer !
- 77 M. Loup, super-pompier

Hatier s'engage pour l'environnement en réduisant l'empreinte carbone de ses livres. Celle de cet exemplaire est de : 150 g éq. CO_2 Rendez-vous sur www.hatier-durable.fr

PAPIER À BASE DE FIBRES CERTIFIÉES

IMPRIM'VERT

Conception graphique couverture : Pouty Design
Conception graphique intérieur : Jean Yves Grall • mise en page : Atelier JMH

Imprimé en France par Pollina, 85400 Luçon - n° L65109
Dépôt légal n° 92943-4/02 - juin 2013